AF586411

DES OPINIONS

DE

M.r SIMONDE DE SISMONDI,

SUR ALFIERI,

CONSIDÉRÉ COMME POÈTE TRAGIQUE.

Prix 1 *franc.*

PARIS,

CHEZ REY ET GRAVIER, Libraires, quai des Augustins, N.° 55.

DÉCEMBRE 1816.

P. N. Rougeron, Imprimeur de S. A. S. Mad. la Duchesse Douairière d'Orléans, rue de l'Hirondelle, N.° 22.

DES OPINIONS

DE

M.r SIMONDE DE SISMONDI,

SUR ALFIERI,

CONSIDÉRÉ COMME POÈTE TRAGIQUE.

Il existe dans les progrès que chaque nation fait vers la perfection du goût, une uniformité de circonstances qui ne peut échapper à l'œil de l'observateur attentif. Aucune des nations qui ont jeté le plus d'éclat par des chefs-d'œuvre en littérature, soit dans les temps anciens, soit dans les siècles modernes, n'a pu s'élever tout à coup à ce degré de splendeur qui forme l'époque la plus brillante de sa gloire. Il en est des nations comme de l'homme pris individuellement : elles ne passent de l'enfance à la virilité qu'en traversant les âges qui les séparent. Ainsi, chez les Grecs, Thespis et Phrinicus précédèrent Eschyle, Sophocle et Euripide ; chez les Romains, les essais informes d'Andronicus, de Pacuvius, d'Accius, d'Ennius, préludèrent aux productions sublimes d'Ovide, d'Horace, de Térence et de Virgile; en France, on vit paraître Ronsard avant Malherbes et J.-B. Rousseau; Jodèle et Mairet furent les précurseurs du grand Corneille et de Racine. En Italie, Fra Jacopone et Guido Guinicelli parurent avant le Dante et Pétrarque; on y courut après les poëmes de Buovo d'Antona et de l'Ancroja, avant qu'on pût y admirer l'Arioste et le Tasse.

Lors même que chaque nation fut parvenue au plus haut degré de gloire littéraire, en différens genres, elle demeura encore en arrière pour quelques autres, et il ne lui fut permis de remplir ce vide que long-temps après; comme s'il n'était pas donné à l'homme d'atteindre en tout point la perfection, pas même à l'époque des plus grands développemens de ses facultés. Ainsi les Latins, qui luttèrent d'égal à égal avec les Grecs pour la poésie pastorale, épique et lyrique, et peut-être aussi pour la comédie, restèrent fort au-dessous d'eux pour la tragédie. Dans les temps modernes, la France qui, sous le règne de Louis XIV, s'éleva si haut pour la tragédie et la comédie, ne produisit rien qui pût la mettre au niveau de l'Italie pour l'épopée; l'Italie, à son tour, qui pouvait montrer avec orgueil l'Arioste et le Tasse, ne pouvait soutenir la concurrence avec la France dans la tragédie et dans la comédie.

Ce n'est pas qu'en Italie, au beau siècle des Médicis, les meilleurs esprits, et même les plus grands génies, ne se soient occupés de la muse théâtrale. Il y a eu à cet égard plutôt abondance que disette. Mais les Italiens d'alors, épris d'une admiration sans bornes pour la belle antiquité, et extrêmement jaloux d'en reproduire les chefs-d'œuvre, devinrent trop serviles imitateurs des anciens. Ils ne firent pas assez d'attention à la différence des opinions, des mœurs et de la langue. Cette dernière différence sur-tout était immense ; et quant à la tragédie, premièrement les Italiens, admirateurs passionnés des Grecs, voulurent transporter dans le style de leurs tragédies le naturel et la naïveté de la langue grecque, qualités qui, dans cette langue, s'allient très-bien avec l'élévation et l'énergie. Mais l'élévation et l'énergie disparurent du style des tragédies italiennes; on y fit passer seulement le naturel et la naïveté qui dégénérèrent souvent en une simplicité trop nue, et quelquefois même en une faiblesse qui tient de la niaiserie. On voit aussi parmi les essais du seizième siècle quelques poètes tragiques italiens, quoique en petit nombre, qui ont voulu se rapprocher de la manière des latins; mais comme ils n'avaient que de mauvais modèles sous leurs yeux, leur style n'a qu'une énergie d'emprunt, et est rempli de sentences froides, d'antithèses et de jeux de mots.

Ces défauts sont beaucoup moins sensibles dans la Mérope de Maffei qui vint long-temps après. Mais on voit, en lisant cette belle composition, que l'auteur, au lieu de se frayer une nouvelle route, n'a fait qu'éviter en partie les écueils contre lesquels ses devanciers avaient échoué. Il fallait bien sans doute conserver la régularité de la tragédie grecque et la vérité des sentimens qui y sont peints ; mais il fallait s'en emparer et peindre en maître avec des couleurs italiennes. C'est ce que Maffei et ses prédécesseurs ne firent pas. L'homme qui devait opérer ce grand changement, celui qui devait chausser le cothurne et élever en Italie la scène tragique à sa véritable hauteur, n'était pas encore né.

Relativement à la comédie, les Italiens du seizième siècle approchèrent beaucoup plus de la perfection. Nous osons même dire que, pour la comédie d'intrigues, ils l'atteignirent véritablement. Mais pour ce qui regarde la comédie de caractère proprement dite, ils ne la connurent que faiblement, et seulement autant que cette connaissance leur était nécessaire pour tracer leurs comédies d'intrigues. Il faut cependant le confesser, ils avaient peu, nous pouvons même dire ils n'avaient point de modèles devant leurs yeux. La gloire de créer ce genre difficile était réservée à la France, et le Français qui devait cueillir cette palme n'avait pas encore paru.

Les anciennes comédies italiennes peuvent soutenir la comparaison avec les meilleures pièces de Plaute et de Térence. C'est la même aménité, le même sel, la même finesse de plaisanterie ; ce sont les mêmes situations qui, animées par le dialogue le plus vif, et par une langue qu'aucune autre ne surpasse en élégance, font sourire agréablement l'homme le plus sérieux, et, pour me servir de l'expression d'Horace, *quatiunt populum risu.*

Il est vrai que nous n'entendons parler ici que des comédies composées par des auteurs toscans. Car, comme l'effet de ces comédies dépend non seulement des situations plaisantes, mais en grande partie aussi de la finesse du style, les auteurs non toscans qui ne pouvaient pas connaître toutes les ressources du dialecte toscan, ne purent produire des pièces d'un effet égal. Cette langue générale italienne, que certains auteurs, même de nos jours, s'obstinent à vouloir soutenir seule, en retranchant tout ce qui tient spécialement au dialecte toscan, ne pourra jamais produire la véritable comédie. Elle est trop circonscrite et trop grave ; elle n'a pas la vérité et la vivacité nécessaire. Lorsqu'elle veut plaisanter, elle a rarement du sel ; on voit qu'elle n'est pas un instrument propre à cela. Pourquoi, en France, a-t-on la bonne comédie? Parce que le dialecte parisien y est devenu la langue universelle, et que, quoique tout le monde ne le parle pas, tout le monde le comprend et en sent toutes les finesses. Pourquoi n'a-t-on pas la bonne comédie en Italie? Parce qu'on y a repoussé le dialecte toscan, et qu'on a voulu le renfermer dans les limites étroites de la moderne Etrurie. Si ce dialecte était devenu général à l'Italie, comme le dialecte parisien l'est devenu en France, chacun sent l'avantage qu'auraient eu les Italiens pour arriver à un résultat complet. Pourquoi les meilleures pièces de Goldoni, quoique très-bien conduites sous le rapport de l'art, finissent-elles par devenir insipides en peu de temps? Parce qu'elles sont écrites dans cette prétendue langue générale qui manque de vivacité et de coloris. Cela est si vrai que, pour trouver un moyen capable d'obvier à cet inconvénient, on y a introduit des dialectes de différentes parties de l'Italie, sur-tout le vénitien. Plusieurs comédies de Goldoni, écrites entièrement dans ce dernier dialecte, comme par exemple le *Todero Brontolon*, sont parfaites. Mais on s'est bien gardé de faire usage du dialecte toscan ; et ce qu'il y a de pire, quand on l'y a introduit, ç'a été pour s'en moquer et pour le rendre ridicule.

Il nous paraît donc démontré qu'il n'y aura de véritable comédie en Italie, que lorsqu'un homme de génie, connaissant à fond le dialecte toscan, s'en emparera et le rendra classique pour le théâtre. Cette opération demanderait en même temps beaucoup de courage, une résolution ferme, et autant de ménagement, jusqu'à ce que la réforme fût goûtée également dans toutes les parties de la péninsule. Aussi long-temps que les Italiens se contenteront de leur langue générale, disons mieux, tant que les Italiens se serviront d'une langue bâtarde, empruntée de l'étranger, ils ne pourront jamais se flatter d'égaler les autres nations dans l'art des Térence et des Molière.

M. Simonde de Sismondi n'a pas jugé autrement l'état de la comédie moderne italienne ; mais son jugement n'est point assis sur les mêmes considérations. Les motifs par lesquels il s'est décidé nous paraissent faux et injurieux à la nation italienne : leur examen trouvera place à la fin de cet écrit ; revenons pour le moment à la tragédie.

Au moment où le théâtre italien était livré à toutes les monstruosités qu'enfantait la plume trop facile de l'abbé Chiari et de Villis, où la servile imitation des étrangers avait produit quelques médiocres tragédies en vers martelliens, où l'on se pressait pour voir les drames larmoyans de Beverley , du Prisonnier et du comte de Comminges ; un homme parut tout-à-coup, qui, secouant le joug de l'étranger, rappelant l'art à ses véritables principes et à sa dignité, ramenant la langue italienne à une pureté qui paraissait perdue, et lui donnant une énergie qu'elle n'avait jamais eue, porta la tragédie italienne à un tel point d'élévation, que ses compatriotes n'ont plus rien à envier aux nations étrangères. Cet homme est Alfieri.

M. de Sismondi, tout en avouant qu'Alfieri est un auteur de création toute italienne, prétend cependant qu'il avait un caractère étranger. M. de Sismondi regarde continuellement la nation italienne comme une nation efféminée et sans aucune énergie; voilà pourquoi il suppose à Alfieri un caractère étranger. Certes, on ne refusera pas à ce grand homme de l'énergie dans le caractère; mais les reproches que M. de Sismondi adresse aux Italiens sont-ils fondés? Nous ne le croyons pas. L'histoire des républiques du moyen-âge nous en répond pour le passé; quant aux temps modernes et à ceux encore plus rapprochés de nous, les événemens ont bien fait voir que les Italiens ne manquaient pas de force d'ame; malheureusement cette force s'est trouvée accompagnée d'un excès de confiance; mais ce défaut, si cependant c'en est un, est-il une raison pour dénigrer ceux qui en ont été victimes? Nous eussions épargné ces réflexions à M. de Sismondi, si, tout en traitant d'objets purement littéraires, il n'avait mis un certain acharnement à rabaisser les mœurs et le caractère de cette nation, patrie de ses ancêtres, chez laquelle il a pendant cinq ans reçu tous les témoignages de l'hospitalité la plus obligeante, et pour les présenter sous une apparence qui, Dieu merci, est éloignée de toute vérité.

M. de Sismondi rend la plus grande justice au génie d'Alfieri. « La création du théâtre d'Alfieri, dit-il, « (*De la Littérature du midi de l'Europe*, Tom. II, « page 439) est un phénomène qui frappe d'étonnement. Jusqu'à lui, les Italiens étaient inférieurs, » pour l'art dramatique, à toutes les nations de l'Europe; Alfieri s'est placé à côté des grands tragiques » français et au-dessus de tous les autres; il a réuni » la *beauté artiste*, l'unité, la pureté du dessin, » la vraisemblance propres au théâtre français, à la » sublimité de situations et de caractères, à l'importance des événemens du théâtre grec, à la profon- » deur de pensées et de sentimens du théâtre anglais; » il a tiré la tragédie des salons de cour, où les habi- » tudes du règne de Louis XIV l'avaient trop enfer- » mée; il l'a portée dans les conseils, dans la place » publique, dans l'Etat; il a donné à la plus relevée » des productions poétiques le plus noble et le plus » important des intérêts publics, etc., etc. »

M. de Sismondi juge toujours sainement d'Alfieri, lorsqu'il le fait d'après les règles d'une poétique généralement reconnue; mais il cesse d'être juste, lorsqu'il l'examine d'après un système qui tend à confondre tous les genres et à placer le sublime de l'art dans l'assemblage informe de toutes les extravagances d'une imagination déréglée; en un mot, pour parler, sinon plus clairement, du moins selon le langage technique de cette nouvelle école, M. de Sismondi regrette qu'Alfieri soit tout classique et n'ait point adopté les livrées du monde romantique.

Il se plaint qu'Alfieri se soit proposé pour but de n'occuper le théâtre que d'une seule action et d'une seule passion (1). Il lui semble que le poète

---

(1) Pour que l'action soit une, il faut, il est vrai, qu'il y ait une passion dominante ; mais qu'Alfieri ait mis en action une seule passion dans chacune de ses tragédies, c'est ce qui est non seulement contraire à la vérité, mais encore tout à fait impossible. Alfieri n'a voulu ni pu le faire plus qu'un autre poète tragique. Sans des passions contraires qui mettent en jeu la passion principale, il y aurait repos absolu et point d'action. Prenons, par exemple, le Filippo, qui est une des tragédies les plus serrées du théâtre d'Alfieri, la passion principale est l'orgueil de Philippe blessé par l'amour secret de D. Carlos et d'Isabelle. Cet orgueil le porte à la vengeance : ses moyens sont la dissimulation, la perfidie et la cruauté; ses fins la mort des deux amans. Mais l'orgueil blessé de Philippe est-il la seule passion qui agisse dans cette tragédie ? Non certainement. Il est mis en jeu par cet amour même de D. Carlos et d'Isabelle, par la noble fierté du premier, par la vertu de la seconde. Gomez est encore là pour seconder les fureurs du roi; Perez pour consoler le fils et pour faire mieux ressortir, par ses vertus, toute l'horreur de cette cour abominable. Quelques fossoyeurs, quelques

italien s'est trompé dans cette notion primitive sur l'unité poétique. « Tout le charme de l'unité, » dit-il (Tom. II, page 443), se trouve dans le rapport commun de sensations multiples; l'harmonie consiste à ramener à un centre des sons » divergens ; elle fait sentir qu'une création vaste » et variée est animée par une seule pensée : s'il n'y » a point l'opposition du composé au simple, il n'y » a ni difficulté vaincue, ni charme pour l'esprit. » L'accord des instrumens de timbre et de ton différens fait un concert (1); mais dans le son d'une » cloche il n'y a point d'harmonie, quelque beau que » soit ce son par lui-même. »

---

alguazils, quelques geoliers de plus qui prendraient part à l'action, rendraient-ils cette tragédie plus parfaite? Nous ne le croyons pas. On dit à cela qu'avec quelques personnages de plus qui prendraient part à l'action, la tragédie aurait plus de vérité. Eh! que m'importe, si, sans tout cet accompagnement informe, la tragédie a toute la vérité qu'elle doit avoir. Assistez à une représentation du Filippo, et vous verrez, si vous n'êtes pas tout à fait transporté à la cour de ce roi, si vous ne frémissez pas jusq'au fond de l'ame des apprêts voilés de sa dissimulation, de sa cruauté et des dangers toujours croissans des deux amans. Mettez à travers tout cela des passions secondaires, et vous verrez comme l'intérêt sera refroidi.

(1) L'accord d'instrumens de tons différens serait, non pas un concert, mais un charivari; et c'est ce qui arrive aux pièces fondées sur les règles, ou plutôt sur le désordre essentiel au système romantique.

Voilà qui est à merveille; mais, quoi qu'en dise M. de Sismondi, c'est là exactement ce qu'a fait Alfieri dans ses tragédies. Il n'a pas sonné une seule cloche, mais bien plusieurs, et jamais il n'en a sonné trop. Voilà précisément ce qui forme la différence d'opinion et la difficulté. On convient qu'il faut l'unité d'action. Les Français l'ont renfermée dans une latitude raisonnable; Alfieri l'a restreinte; les romantiques n'y mettent point de bornes : mais que veulent ces dangereux novateurs? L'intérêt peut-il être porté plus haut; peut-on être plus profondément ému que quand on assiste à une représentation de la Phèdre de Racine ou de la Mérope d'Alfieri? Non certainement. A quoi servira-t-elle donc cette augmentation de moyens, cette complication de rôles et de passions subalternes? A rien; ou plutôt elle servirait, nous osons le dire, à diminuer l'intérêt. La sensibilité du cœur a aussi sa mémoire, et cette mémoire a des bornes comme celle de l'esprit; elle ne peut être frappée par trop d'émotions à la fois, ni être travaillée par une succession trop multipliée sans que le sentiment se refroidisse, de même que la mémoire de l'ésprit ne saurait saisir clairement un objet trop compliqué; et puisque les Grecs et les Français, à l'époque de leur plus grande illustration littéraire, illustration reconnue par tout le monde, se sont arrêtés à certaines bornes, nous devons supposer que ces bornes sont naturelles. Si Alfieri a cru devoir les restreindre un peu, il a peut-être eu raison, et il rachète les retranchemens qu'il a faits par la profondeur des passions qu'il a laissé subsister. Si dans les premiers pas qu'on fait dans la carrière on dépasse la limite, on réunit des disparates, on confond tous les genres, on ne doit pas s'en étonner, parce qu'alors le goût n'est pas encore sûr, et qu'on tâtonne ; mais si, lorsque des progrès incontestables et une expérience de tous les jours ont fixé des règles et leur ont donné une autorité de fait, on veut créer une nouvelle poétique, ou, pour mieux dire, adopter une poétique qui n'a été en usage chez les nations les plus renommées par leur littérature, que lorsqu'elles étaient encore dans l'enfance, c'est vouloir nous ramener vers cette enfance même, c'est vouloir la préférer à la virilité, c'est condamner les œuvres du génie. On dit que la variété est une source de plaisir et d'intérêt : cela est très-vrai ; mais elle devient une source de confusion et de refroidissement, si elle est poussée trop loin. Si vous prétendez qu'il n'y en a pas assez dans les tragédies d'Alfieri, et que par conséquent il manque quelque chose à l'intérêt qu'elles doivent inspirer, tous les spectateurs italiens de toutes les classes sont là pour vous démentir. Si vous prétendez que c'est là de l'orgueil national, un préjugé national, nous pourrions répondre que c'est peut-être un préjugé littéraire, et peut-être aussi un orgueil national qui vous fait parler ainsi. D'ailleurs, on ne pleure pas par orgueil, on ne pleure pas par préjugé.

M. de Sismondi prétend qu'Alfieri n'avait point la mobilité du talent tragique (Tom. II, pag. 438), qu'il ne se mettait point à la place de chacun de ses héros pour y être ébranlé par des impressions variées, mais qu'il restait toujours à la sienne.

Si M. de Sismondi prétend assurer par là que toutes les tragédies d'Alfieri, et les personnages qu'il y met en action, portent le cachet de l'auteur, il aura dit une vérité incontestable, mais assez connue. Certes, que Virgile fasse parler Enée, ou qu'il fasse parler Turnus, il sera toujours Virgile. Mais s'il soutient que Philippe n'est qu'Alfieri, que Saül n'est qu'Alfieri; que la tendre Mirra, que la courageuse Antigone, que la touchante Virginia ne sont qu'Alfieri, il aura soutenu un paradoxe contraire à toute vérité. Il y a dans le caractère des personnages d'Alfieri toute la variété qu'on peut désirer : elle est même très-grande, puisqu'ils sont tous profondément tracés. Si Alfieri lui-même s'accuse d'une certaine monotonie dans ses tragédies, ce n'est que dans la conduite, et non quant aux caractères.

Le célèbre critique dont nous examinons les opinions, prétend qu'Alfieri nous présente toujours des mœurs vagues et indéterminées, c'est-à-dire, qu'il ne rend pas les Grecs assez Grecs, les Romains assez Romains, les Espagnols assez Espagnols. Il prétend, de plus, que le poète italien a supprimé toutes les circonstances de temps et de lieu; c'est encore une erreur. Dans le Filippo, on est tout à fait transporté à la cour de Madrid; dans la Virginia et dans les deux Brutus, sur la place publique de Rome, et dans le Polinice, au palais des rois de Thèbes. Nous dirons même, que, quant aux Romains, personne ne les a jamais peints avec autant de vérité qu'Alfieri. Si les mœurs de chacun de ces différens peuples ne sont pas représentées d'une manière plus tranchante, c'est que les mœurs héroïques de chaque peuple se ressemblent plus que les mœurs bourgeoises. Faudra-t-il donc introduire la comédie dans la tragédie pour peindre avec plus de vérité les mœurs? Faudra-t-il avoir recours à des fossoyeurs? Quant à l'autre assertion de M. de Sismondi, qu'Alfieri a supprimé toutes les circonstances de temps et de lieu, il suffit de l'annoncer pour en reconnaître, nous ne dirons pas seulement la fausseté, mais encore l'impossibilité. Il est cependant très-vrai qu'Alfieri n'a pas mis en scène le garçon boucher à qui le père de Virginie arracha le couteau pour le plonger dans le sein de sa fille.

En général, il nous paraît que les tragédies d'Alfieri sont imposantes par la simplicité de leur plan, par l'unité de l'action, par la force des pensées, par la profondeur et la variété des caractères. Si M. de Sismondi ne les trouve pas telles, c'est qu'il sacrifie sans cesse à une poétique particulière, qui n'a peut-être rien de nouveau que les expressions étranges sous lesquelles elle est masquée; c'est le caractère d'une certaine école moderne. On est venu après les autres, on veut dire du nouveau; ne trouvant pas de nouvelles pensées, on se sert d'expressions inusitées. On se persuade ensuite d'être profond et original, parce qu'on est obscur et qu'on emploie un langage qui n'est pas celui de tout le monde. Pour bien mettre en évidence l'absurdité de cette méthode, il suffit de dépouiller les

pensées

pensées des écrivains de l'école de tout cet appareil de phrases extravagantes, en les revêtant de l'expression usitée. On verra alors que ces pensées, qui nous paraissaient si neuves et si profondes, ne sont que des pensées très-communes, et quelquefois même niaises.

Mais parlons maintenant du style d'Alfieri. M. de Sismondi le trouve sec et décharné. A Dieu ne plaise que nous voulions justifier entièrement le poète italien sur ce point. Il a souvent ce défaut, et les Italiens ont été les premiers à le lui reprocher. Seulement nous sommes fâchés que M. de Sismondi, en rendant justice aux profondes connaissances dont les Italiens ont fait preuve dans les critiques qu'ils ont faites des tragédies d'Alfieri, se serve des expressions suivantes : « Ainsi l'on trouve, dans une lettre de Renier de Calsabigi au comte Alfieri, une connaissance du théâtre » des anciens, de celui des Français, de celui des » Anglais, et des défauts propres à chacun, *qu'on » n'aurait guère attendue d'un Napolitain* (*T. III, » page* 3) ». Et c'est au moment où Naples venait de produire un Filangeri, un Genovesi, un Signorelli, un Galeani, nn Mattei, un Cirillo, un Tiberio Cavallo, un Mario Pagano, etc., que M. de Sismondi se sert d'une pareille expression.

Le style des tragédies d'Alfieri est sec et tendu; mais l'est-il toujours, l'est-il au point qu'on le prétend? Non certainement. Il a souvent de l'abandon, de la mollesse, qui font voir que la corde de la sensibilité vibrait dans le cœur du poète. Tant pis pour celui qui ne se sent pas ému à ce retour inattendu, à ces plaintes touchantes de l'infortunée Isabelle dans le Filippo, quoique cette tragédie soit une de celles où le style est le plus sec :

. . . . . . Ma chi 'l vede, e non l' ama?
Ardito umano cor, nobil fierezza,
Sublime ingegno, e in avvenenti spoglie
Bellissim' alma; ah, perchè tal ti fero
Natura, e 'l cielo! . . . . . .

On trouve la même harmonie et la même touche sentimentale dans cette autre plainte de D. Carlos :

. . . . . . Ei non mi udrebbe
Doler, no mai, nè dei rapiti onori,
Nè della offesa fama, e non del suo
Snaturato, inaudito odio paterno.
D'altro maggior mio danno io mi dorrei:
Tutto ei mi tolse il dì che te mi tolse.

Ces deux derniers vers sur-tout sont de la plus grande beauté. Ces morceaux ne sont pas rares dans les tragédies d'Alfieri; on les trouve en foule dans son Saül. Si M. de Sismondi n'est pas de notre avis, s'il trouve même que le style d'Alfieri n'est pas poétique, c'est qu'il est beaucoup plus aisé d'entendre une langue étrangère que de la sentir.

Un mérite du style d'Alfieri dont personne, du moins à notre connaissance, n'a parlé jusqu'ici, est la pureté toute toscane qu'il est aisé d'y reconnaître. Les exceptions sont rares à cet égard. C'est une qualité qui le distingue éminemment de tous les poètes tragiques italiens, ses contemporains. Un nombre presqu'infini d'expressions empruntées aux romans français, tant bons que mauvais, déparaient la tragédie italienne avant lui. Il a retiré le langage poétique italien de ce mauvais alliage, et l'a rendu à toute sa pureté; de sorte qu'on peut le considérer à juste titre, non seulement comme le créateur, mais encore comme le restaurateur de la langue, du moins pour ce qui regarde la langue poétique de la tragédie.

M. de Sismondi assure que l'Italie a adopté, comme poésie nationale, le genre austère, éloquent et rapide, *mais nu*, que son seul poète tragique lui ait donné (Tome II, page 459). Si cette assertion est vraie, et certainement elle est de toute vérité, nous ne voyons pas ce que les étrangers ont encore à voir là dedans, et tous leurs sermons sont parfaitement déplacés.

Il ajoute avec la même vérité (page 460). « Depuis, » et en bien peu d'années, ces tragédies, qu'il croyait » si peu faites pour des acteurs ordinaires, sont » devenues tellement populaires, que je les ai vues » représentées par des artisans, des boulangers, des » tailleurs, qui la plupart ne savaient pas lire, et qui » cependant avaient réussi à les apprendre entière- » ment par cœur. Ainsi, dans ce pays, où même chez » le peuple l'imagination est si ardente, la faveur » populaire donne encore au génie de dignes encou- » ragemens. »

Les Italiens doivent savoir bon gré à M. de Sismondi de cette déclaration. Les voilà donc encore capables de se passionner pour ce qui est beau et grand. Mais comment se fait-il que le même auteur qui, dans cet endroit, rend une justice si éclatante à cette nation, ait pu laisser échapper de sa plume des phrases comme les suivantes :

« Les mœurs italiennes n'ayant rien de roma-
» nesque (1) ou de poétique, ne sont pas bonnes
» à mettre sur les théâtres (Tome II, page 367) ».

« Ce manque absolu de délicatesse est, il faut en
» convenir, fréquent dans les mœurs de la nation
» (la nation italienne); mais de telles mœurs sont-
» elles faites pour le théâtre? (Tome II, page 369) ».

Il est malheureux que M. de Sismondi dise cela à propos d'une demoiselle qui, interrogée sur la scène si elle veut accepter la main d'un homme qu'elle n'aime pas, répond qu'elle fera toujours toutes les volontés

---

(1) Nous n'aurions pas rapporté ici cette opinion de M. de Sismondi, s'il n'en faisait pas un sujet de reproche aux Italiens. Quant au fond, si les mœurs italiennes ne sont pas romanesques, tant mieux. Fort heureusement les femmes d'Italie ne sont pas des Corinnes, comme celles imaginées par madame de Staël, ni les hommes des D. Quichotte. Mais inférer delà qu'il ne peut y avoir en Italie de la bonne comédie, c'est avancer un paradoxe insoutenable. On peut trouver des caractères propres à la comédie par-tout où il y a des originaux, et il y a des originaux en Italie comme par-tout ailleurs. Nous ne voyons pas qu'un tartuffe ou un misantrope soient des caractères bien romanesques; ils ont cependant fourni le sujet de deux chefs-d'œuvre.

de son père. Il est vrai qu'il n'y a là rien de romanesque, mais nous croyons que c'est au moins moral, et c'est bien quelque chose.

« Accoutumés à ne voir (les Italiens) sur la » scène que des caractères prosaïques (Tome II, page 382) ».

Cela veut dire, autant que nous pouvons comprendre ce nouveau jargon, qu'il n'y a pas sur la scène italienne un bel avare, un beau menteur, un beau jaloux, etc., etc. Mais nous pouvons assurer M. de Sismondi que dans le seul théâtre de Goldoni il y a un caractère d'avare, un caractère de menteur, un caractère de jaloux, etc., etc., qui ne le cèdent en rien à ce que de semblables caractères offrent de plus relevé sur le théâtre des autres nations. Il ne faut que parcourir les pièces du Molière italien sans prévention et sans esprit de système, pour en acquérir la certitude.

Nous terminerions ici notre examen, si nous ne devions pas faire voir jusqu'à quel point M. de Sismondi peut être juge compétent des productions des muses italiennes. Mais, comme il a attaqué avec beaucoup de vivacité le théâtre italien, nous croyons qu'il est de notre devoir de mettre le lecteur à même d'apprécier l'autorité de M. de Sismondi.

Ce savant littérateur a traduit en vers français (si cependant on peut appeler ainsi des lignes terminées par des rimes) quelques-uns des traits les plus célèbres du Dante.

Voici comment il a traduit la fameuse inscription que le poète a placée sur la porte de l'enfer :

» Par moi, l'on entre en la cité du crime (1),
» Par moi, l'on entre en l'affreuse douleur,
» Par moi, l'on entre en l'éternel abîme.
» Vois ! la justice animait mon auteur ;
» Pour moi, s'unit à la haute puissance
» Le sage amour du divin créateur.
» Rien de mortel n'a pu voir ma naissance,
» Rien n'a sur moi de pouvoir destructeur :
» Vous qui passez perdez toute espérance.

(Tom. I, pag. 353).

M. de Sismondi a mis également en vers français le terrible morceau du comte Ugolin, qui a fait jusqu'ici le désespoir de tous les traducteurs. Nous ne rapporterons pas le morceau tout entier ; nous nous contenterons d'en marquer les traits qui frappent le plus par leur énergique beauté.

Le poète commence ainsi :

La bocca sollevò dal fiero pasto
Quel peccator, forbendola a' capelli
Del capo, ch' egli avea diretro guasto.

---

(1) *Per me si va nella città dolente :*
Per me si va nell' eterno dolore :
Per me si va tra la perduta gente :
Giustizia mosse 'l mio alto fattore :
Fecemi la divina potestate,
La somma sapienza e 'l primo amore.
Dinanzi a me non fur cose create,
Se non eterne, ed io eterno duro :
Lasciate ogni speranza voi che 'ntrate.

Poi cominciò : tu vuoi ch' i' rinnovelli
Disperato dolor , che 'l cuor mi preme ,
Già pur pensando ; pria ch' i' ne favelli.
Ma se le mie parole esser den seme ,
Che frutti infamia al traditor ch' io rodo ,
Parlare , e lagrimar vedra' insieme.

Voici maintenant la traduction de M. de Sismondi :

» Ce pécheur soulevant une bouche altérée ,
» Essuya le sang noir dont il était trempé ,
» A la tête des morts qu'il avait dévorée.
» Si je dois raconter le sort qui m'a frappé ,
» Une horrible douleur occupe ma pensée ,
» Dit-il , mais ton espoir ne sera point trompé.
» Qu'importe ma douleur , si ma langue glacée
» Du traître que tu vois comble le déshonneur ,
» Ma langue se ranime à sa honte empressée.
(Tom. I , pag. 383).

Ce fameux vers :

E se non piangi , di che pianger suoli ?

est rendu par M. de Sismondi ainsi :

» Si , etc. , tu t'abstiens de répandre des larmes ,
» Aurais-tu dans ton cœur quelque chose d'humain ?

E disser : Padre , assai ci fia men doglia ,
Se tu mangi di noi : tu ne vestisti
Queste misere carni , e tu le spoglia.

M. de Sismondi traduit ainsi :

» Mon père , dirent-ils , suspendez ces outrages !
» Par vous de votre sang notre corps fut formé ,
» Il est à vous , prenez , prolongez votre vie ;
» Puisse-t-il vous nourrir , ô père bien aimé.

Cet exemple prouve bien évidemment jusqu'à quel point les pensées les plus sublimes, les sentimens les plus profonds et les plus touchans, le style le plus poétique et le plus énergique peuvent devenir de fades niaiseries entre les mains d'un écrivain romantique.

Ce vers sublime :

Ahi dura terra, perchè non t' apristi !

est rendu par M. de Sismondi par ces mots martelés :

« Que ne t'abîmais-tu, terre notre ennemie !

Quand on traduit de la sorte les plus beaux morceaux du premier poète de l'Italie, le lecteur est en droit de croire qu'on n'a pas pénétré bien avant dans les mystères de la langue italienne ; qu'on n'est guère capable d'en sentir les beautés, et qu'on n'est pas autorisé à juger avec tant d'assurance les plus beaux génies de cette terre deux fois classique. En lisant les traductions de M. de Sismondi, les Italiens se consoleront aisément des attaques qu'il dirige dans sa lourde dissertation contre les auteurs qui honorent le plus leur littérature.

Quant aux taches qu'il a voulu imprimer à leurs mœurs et à leur caractère, ils attendront, pour s'en mettre en peine, que les autres nations présentent quelque chose de plus honorable. Il serait aisé de prouver que si les Italiens ont dû nécessairement contracter quelques défauts provenant de la faiblesse, ils ont conservé aussi, et presque miraculeusement, des vertus qui sont les attributs de la force. Cela vaut encore mieux que d'avoir, lorsqu'on est dans toute la plénitude de la force, les défauts qui ne devraient être que l'effet et le partage de la faiblesse.

Mais, sans entrer dans une discussion si grave, nous croyons que le meilleur moyen de réfutation des opinions de M. de Sismondi sur le caractère des Italiens, est de les transcrire fidellement. Nous rapporterons, en conséquence, quelques-unes des choses aimables qu'il leur adresse.

Les femmes italiennes ont part à ses complimens tout aussi bien que les hommes. Les femmes italiennes, selon l'opinion de ce critique, n'ont entre elles qu'une amitié hypocrite. « Cette fausseté dans les liaisons » entre les femmes est assez commune en Italie » (Tome II, page 373), et plus là sans doute que » par-tout ailleurs. » S'il arrive à M. de Sismondi, voyageant en Italie, quelque mésaventure de la part des femmes de ce pays, ce ne sera point, comme au malheureux Orphée sur les bords du Larisse, pour avoir charmé leurs oreilles par des sons trop flatteurs.

Les demoiselles italiennes, à entendre le même auteur, ne valent pas mieux que leurs mères. « Dans les » mœurs de l'Italie, dit-il (Tome II, page 367), » l'amour durable, l'amour passionné, celui qui » suppose un rapport de cœur, d'esprit, de senti- » ment, comme un attrait de figure; celui qui est » fondé sur un choix mutuel, ne peut guère avoir le » mariage pour but. Les demoiselles élevées loin de » la société, obligées à une extrême réserve, et punies » tout aussi sévèrement par l'opinion, pour avoir

» vu le monde que pour avoir suivi une intrigue » coupable, tantôt s'abandonnent à leurs sentimens » les moins réfléchis, avec une étourderie, avec une » déraison qui nous paraissent tout à fait choquantes; » tantôt ne soupirent point d'après un choix, mais » d'une manière générale pour le mariage. »

C'est bien jouer de malheur! Ces demoiselles italiennes ont beau être jolies, modestes, réservées, soumises à leurs parens, elles ne trouvent point grace auprès du terrible critique. Pour lui plaire, il faut qu'elles résistent à leurs pères et mères. « Dans la plupart des pièces, dit-il (Tome II, page 369), où » l'on voit des demoiselles, leurs sentimens et leur » conduite n'ont pas plus de délicatesse. » Ce manque de délicatesse, suivant M. de Sismondi, est la manie qu'elles ont d'obéir à leurs parens; et il croit que ces pièces sont le miroir fidèle des mœurs de la nation (1). Ainsi il n'y a pas de moyen de se tirer de là. Les romantiques veulent absolument du romanesque, et sans

---

(1) Pour prouver que nous n'exagérons point, nous allons rapporter tout entier le joli texte de M. de Sismondi. « On demande à Rosaure si elle l'accepte (l'époux qu'elle » n'aime pas), et elle répond aussitôt qu'elle fera tou» jours toutes les volontés de son père. Ce manque absolu » de délicatesse est, il faut en convenir, fréquent dans » les mœurs de la nation; mais de telles mœurs sont-elles » faites pour le théâtre? Dans la plupart des pièces où l'on » voit des demoiselles, leurs sentimens et leur conduite » n'ont pas plus de délicatesse (Tom. II, pag. 369) ».

aventures romanesques bien cônditionnées, point de bonne comédie, point de théâtre.

Si les femmes italiennes sont fausses, sans véritable amour et sans délicatesse, les hommes, suivant M. de Sismondi, sont ignorans. « Le savoir, dit-il, est rare » en Italie (Tome II, page 377) ». Voyons cependant si une autre nation peut montrer une réunion plus imposante de savans, ou vivans encore, ou morts depuis peu. Nous ne les nommerons pas tous; mais nous indiquerons seulement l'abbé de Caluso, de Saluces, Giobert, Vassalli-Eandi, Vernazza, Lagrange, Napione, Oriani, Cagnoli, Piazzi, Monti, Moscati, Fossombroni, Botta, Amoretti, Ugo Fuscolo, Cesari, Scina, Venturi, Meli, Gioeni, Sestini, Mangili, Brunacci, Broislak, Aldini, Brugnatelli, Lanzi, Morcelli, Morelli, Cicognara, Marini, Gherardo de Rossi, Ferroni, Salfi, Denina, Mai, Delfico, Derossi, Volta, Scarpa, Balbis, Tamburini, Solari, Serra, Bossi, Borda, Tommasini, Mascagni, Pignotti, Visconti, Fabbroni, Dandolo, Paradisi, Malacarne, Giordani, Andres, Pindemonti, etc. etc.

Ces hommes, l'honneur de l'Italie, ont encore vu les Alfieri, les Cesarotti, les Muratori, les Tiraboschi, les Algarotti, les Bettinelli, les Baretti, les Zanotti, le chanoine Gregorio, les Recupero, les Fortis, les Toaldo, les Mattei, les Galeani, les Filangeri, les Fabroni, les Signorelli, les Genovesi, les Carmignani, les Parini, les Spallanzani, les deux Fontana, les Paciaudi, les Goldoni, les deux Targioni-Torretti, les Oliva, les Galvani, les deux Beccaria, les Verri, les Mario Pagano, les Cirillo, etc. Après les avoir nommés, on est tenté de se demander si l'ignorance est du côté des Italiens, ou de celui qui les en accuse. Il est vrai cependant que les savans italiens sont aussi modestes que savans, qu'ils ne s'affichent point et ne se piquent pas de faire la leçon aux savans des autres pays.

Quelques lignes après, M. de Sismondi paraît vouloir insinuer que les Italiens sont passablement poltrons, et même pire que cela. M. de Sismondi ne parle sans doute pas sérieusement !

» Un des plus grands ridicules (des ridicules ita-
» liens) est celui de l'ostentation. Il est étrange que
» dans un pays où l'on se soucie si peu de paraître
» estimable aux yeux des autres, on se soucie autant
» de paraître riche (Tom. II, p. 380) ».

Nous ne savons pas si M. de Sismondi est riche ou pauvre; mais il ne manque pas d'ostentation; quant à nous, il nous paraîtrait beaucoup plus estimable, s'il était plus réservé dans ses jugemens et dans ses expressions, et s'il se comportait à l'égard de tous les Italiens, comme l'ont fait à son égard pendant cinq années les paisibles et industrieux habitans du val de Niévole.

« Les Italiens d'aujourd'hui sont fort susceptibles
» sur la croyance au surnaturel; ils ont toujours peur
» qu'on ne les soupçonne de croire un conte de fée
» ou l'apparition d'un revenant, aussi facilement
» que les milliers de miracles nouveaux dont on les
» entretient chaque jour, et ils se gendarment de tous
» les jeux de l'imagination, de peur qu'on ne les traite

» comme des enfans ; leur esprit n'est point assez en » repos sur toutes les terreurs surnaturelles, pour » qu'ils puissent y chercher un plaisir poétique » (Tome II, page 399) ».

Il est vrai que les Italiens sont très-attachés à la religion de leurs pères ; et nous pensons qu'ils sont fort heureux de l'être. Quant à la superstition, nous ne voyons pas que les impostures et les procès des sorciers soient plus fréquens en Italie qu'ailleurs. Tout ce paragraphe de M. de Sismondi doit être de la plus haute quintessence romantique ; nous avouons franchement qu'il nous est impossible de comprendre ce que c'est que de *chercher un plaisir poétique dans des terreurs surnaturelles*.

M. de Sismondi continue : « Dans un pays » (en Italie) où l'éducation est si mauvaise, et où la » société est si peu respectée, on trouverait peut-être » plusieurs hommes comparables, dans leur violence, » au cavalier Ardenti ».

Ce malheureux cavalier Ardenti est une espèce de fou emporté, mais bienfaisant, qui forme le personnage principal d'une comédie d'Avelloni. Voilà donc les Italiens bien violens. Il est vrai qu'à une certaine époque on a exercé bien des violences en Europe, et sur-tout en Italie, mais Dieu sait si ce sont les Italiens qui les ont exercées.

« Les auteurs comiques (Tom. II pag. 913) ont » toujours été de grands partisans du despotisme. Le » dénouement d'un drame marche bien plus rapide» ment quand on y introduit un homme qui peut dis-

» poser de la liberté et de la vie de tous, sans observer » les formes ou consulter les lois; et comme la justice » distributive du théâtre est toujours d'accord avec les » désirs des spectateurs, on applaudit (en Italie) à tout » rompre, à des abus d'autorité que les Turcs admet- » traient à peine dans leur administration ».

Ces pauvres Italiens! Il ne leur suffisait pas d'être faux, ignorans, fanfarons, poltrons, superstitieux; ils sont encore partisans du despotisme. Cependant nous avons ouï dire de toutes parts, et un grand docteur a même imprimé, qu'Alfieri n'a dû sa vogue qu'à certaines idées de liberté répandues dans ses tragédies. Le maître de l'Europe était aussi de cette opinion. Une dame de sa famille se mit en devoir de détruire de fond en comble ce malencontreux fantôme de renommée dont jouissait ce grand propagateur de doctrines suspectes, le poète tragique de l'Italie. Il fallait le faire condamner par une académie; une académie le condamna en effet, et il fut prouvé bien méthaphysiquement qu'Alfieri, à part un peu de talent pour bien filer un dialogue, n'avait aucune espèce de mérite.

Il nous reste à féliciter M. de Sismondi de tant d'idées profondes et de tant d'expressions convenantes. Nous ne doutons pas qu'il ne soit très-content de lui. Aussi nous ne voulons plus troubler, par nos réflexions importunes, la satisfaction intérieure qu'il doit éprouver pour s'être montré neuf et indépendant; ce qui forme la prétention la plus évidente, comme le plus ardent des vœux d'un écrivain romantique.

FIN.

www.ingramcontent.com/pod-product-compliance
Lightning Source LLC
LaVergne TN
LVHW052017160826
845678LV00003B/1083

* 9 7 8 2 3 2 9 6 5 2 2 1 4 *